LA
SITUATION DU PAYS

ET

Le remède tout indiqué

AUX MAUX DONT IL SOUFFRE

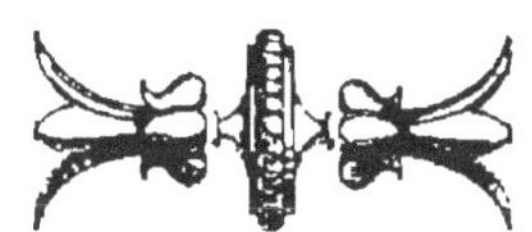

IMPRIMERIE DU PROGRÈS, Y. BILLOIS, 4, RUE DE L'ORME

—

1892

LA

SITUATION DU PAYS

ET

LE REMÈDE TOUT INDIQUÉ

Aux maux dont il souffre

La situation du pays, à l'heure actuelle. est grave. très grave. Presque tous le voient ; beaucoup le disent et l'affirment ouvertement. La France, qui a été pendant de longs siècles la première nation chrétienne, celle dont l'influence civilisatrice était prépondérante, est visiblement sur la pente de la décadence, sous le rapport matériel comme sous le rapport moral et religieux. L'instabilité gouvernementale, qui est devenue depuis un siècle son état habituel, est pour elle une cause toute nouvelle de faiblesse et d'infériorité. La population, chez elle, loin de s'accroître comme chez les autres peuples voisins, tendrait plutôt à décroître. La moralité est en baisse. la criminalité seule fait des progrès effrayants. La foi chrétienne diminue et la religion perd beaucoup en même temps de son influence sociale.

Que s'est-il donc passé ? La France était depuis treize siècles une monarchie chrétienne, dont toutes les institutions étaient nées de l'alliance de la monarchie et de l'Église ; par suite de la défaillance des hautes classes, elle s'est vue, à l'instigation des sectes perverses qui avaient trouvé des adhérents et des complices parmi les conseillers même du roi Louis XVI, poussée et comme entraînée, malgré la répugnance très prononcée du peuple, dans une entreprise de réformes toutes basées sur des principes antichrétiens, et devant amener la ruine complète des institutions séculaires qui avaient surtout contribué à sa grandeur et à sa primauté parmi les nations chrétiennes.

Du peuple français, qui avait toujours été et qui était encore à cette époque, passionné pour la monarchie et plein d'amour pour ses rois, on a voulu faire à toute force et comme malgré lui, un peuple démocrate, afin de le rendre esclave, en le trompant et en lui faisant croire par des flatteries qu'il allait devenir son maître, et qu'il serait alors beaucoup plus heureux. Il est prouvé, par l'étude des causes de la révolution de 1789, qu'elle a été faite contre la volonté et les intérêts les plus évidents des classes inférieures, c'est-à-dire du peuple, et malgré sa résistance opiniâtre sur les divers points du territoire, résistance qui n'a pu être vaincue que par l'action persévérante des hommes du pouvoir, des ministres mêmes de Louis XVI. Jamais la Révolution n'aurait pu être faite, si l'on n'avait, en quelque sorte, fait violence aux inclinations, aux désirs, à la volonté du peuple français.

Parmi les promoteurs même de ces réformes et surtout parmi leurs adhérents, il en est beaucoup qui ont agi inconsciemment et par imprudence, qui désiraient sincèrement le bien du pays, ne voulaient rien moins que lui causer du préjudice, croyaient même ne porter aucune atteinte à ses intérêts religieux. Ces illusions dans les classes dirigeantes ont sans doute eu pour cause l'affaiblissement de la foi chrétienne, ainsi que la prédominance marquée, dans l'opinion générale, des nouveaux principes sociaux introduits par de soi-disants philosophes, ouvertement hostiles au Christianisme. Mais il y a eu aussi, relativement au clergé, une circonstance dont on n'a peut-être pas assez tenu compte; c'est qu'à cette époque et depuis longtemps déjà, une portion notable du clergé français n'avait pas conservé, avec le Vicaire de Jésus-Christ, ces rapports de déférence et d'obéissance filiale qui lui sont dûs, et se tenait à son égard dans une sorte de froide réserve; ce qui privait ce clergé du secours de la grâce divine due à l'assistance de l'Esprit Saint, à laquelle on ne peut participer que par une communication suivie et régulière avec la Chaire de Vérité. Le canal des grâces divines étant comme obstrué par des erreurs, des préjugés, des préventions regrettables, l'esprit propre, sous le nom de gallicanisme, tout en s'alliant avec une foi sincère et même avec de grandes vertus chrétiennes, privait le clergé français de ce secours tout spécial dont l'Esprit Saint favorise le Vicaire de Jésus-Christ, de cette lumière dont il l'éclaire, surtout dans les circonstances et les temps difficiles.

Des hommes bien intentionnés d'ailleurs, se sont donc laissés entraîner dans une entreprise de réformes, dont plusieurs paraissaient utiles et même nécessaires, mais n'étaient pas dirigées ou réglées par l'esprit chrétien, sans prévoir qu'elles pouvaient causer leur perte et attirer sur la France les plus grands malheurs.

De cette révolution accomplie il y a un siècle, sont sorties pour la France des institutions nouvelles, établies sur des principes qui sont tout l'opposé de ceux de la civilisation chrétienne. Une ère nouvelle a commencé. Au règne de Dieu et de son Christ dans l'ordre social, on a substitué le règne d'un état laïc, mandataire du peuple souverain émancipé de Dieu et dont l'indépendance serait absolue. Les droits de l'homme ont remplacé les droits de Dieu, dans le gouvernement comme dans tout l'ordre social; ce qui équivaut à la négation de toute la Révélation Chrétienne, c'est-à-dire à l'antichristianisme ou à l'athéisme pratique. Admettre que l'état ne doit pas s'occuper de Dieu, c'est admettre qu'il n'y a pas de Dieu, ou que Dieu ne s'occupe pas de nous et ne nous a pas fait connaitre sa volonté. L'état n'a donc pas à s'en mettre en peine. Dieu n'étant plus considéré que comme une hypothèse, cela peut encore intéresser l'individu, mais non l'état. La société devenue laïque et étrangère à toute croyance positive, reste dégagée de toute ingérance cléricale et de toute intervention surnaturelle. L'homme est regardé non-seulement comme libre, mais comme indépendant, trouvant en lui-même et dans sa raison naturelle la lumière et la règle pour tous ses actes, n'ayant plus d'autres devoirs à remplir que ceux qu'il lui plait de s'attribuer. L'égalité de nature rend les individus humains tous égaux en droits, tous souverains. Il ne peut même plus y avoir de droits acquis. Le nombre, c'est-à-dire la force, devient le seul et unique principe de gouvernement.

Les hommes imbus de ces principes, si contraires à ceux de la civilisation chrétienne, se sont violemment emparés du pouvoir, il y a un siècle ; mais ils ont vu qu'ils se heurtaient à la foi chrétienne, toujours vivante dans la nation, qui leur opposait partout une résistance invincible. Alors, dans le but de maintenir leur domination usurpée, ils ont eu recours à des tempéraments, à d'hypocrites artifices, afin d'arriver plus lentement mais plus sûrement à l'extinction de cette foi chrétienne qu'ils ne pouvaient vaincre par une guerre ouverte. Ils se sont appliqués surtout à corrompre, à pervertir le peuple, pour arriver à lui persuader faussement que les institutions nouvelles avaient enfin établi son règne, tandis qu'elles n'avaient fondé en réalité que le règne de ses pires ennemis.

D'un autre côté, parmi les catholiques, un parti s'est bientôt formé comprenant les hommes disposés à transiger dans une certaine mesure avec le parti vainqueur, afin d'éviter la guerre et d'obtenir la paix, par le moyen d'une conciliation apparente, malgré l'opposition des principes. De cette tendance prononcée est sortie l'école des catholiques libéraux, de ceux qui croient que le règne social du Christ est fini et devenu comme impossible en France, puisque l'alliance séculaire du trône et de l'autel a cessé d'exister et ne peut désormais être rétablie. Ils ont cru qu'il fallait maintenant se borner à demander à l'état moderne non plus la faveur d'une protection spéciale, mais la simple tolérance, en réclamant seulement la liberté religieuse, qui était devenue le droit commun, depuis que toutes les opinions sont libres, tous étant égaux et souverains, et que l'état devenu le mandataire du peuple doit respecter toutes les croyances. Ces catholiques ont pensé que les doctrines qu'ils avaient à défendre devaient exercer leur action salutaire, si elles pouvaient être soutenues et propagées avec une entière liberté, qu'ainsi la religion pourrait avec le temps et le secours de Dieu, recouvrer l'influence sociale qu'elle a perdue.

C'était de leur part une illusion bien étrange, qui leur faisait appliquer à la France ce qui aurait pu convenir dans un pays jusque-là étranger au Christianisme, ou même dans un pays chrétien où l'Eglise catholique n'a encore joui d'aucune prééminence sur les sectes qui se sont séparées d'elle. Ils n'ont pas compris qu'en paraissant accepter la liberté religieuse comme très convenable en principe, comme un progrès, comme étant devenue l'idéal nécessaire pour les temps modernes, et en France notamment, dans la nation très chrétienne où l'Eglise catholique a dominé sans conteste pendant treize siècles, ils paraissaient s'incliner devant le fait accompli et reconnaître implicitement sinon la supériorité, au moins la victoire définitive de ce qu'on nomme l'esprit moderne sur la civilisation chrétienne.

Ils ont oublié que cette sorte de transaction, pour obtenir la paix, ne s'accorde nullement avec l'esprit de l'Evangile, où Notre-Seigneur déclare qu'il est venu sur la terre pour apporter non la paix mais la guerre, la guerre contre Satan son ennemi-et contre le monde qui obéit à Satan. Ils ne se sont pas douté que l'adversaire du Christ, qui portait les ennemis de la foi chrétienne à user d'une modération hypocrite, était le même qui suggérait ces concessions dangereuses à certains catholiques, afin d'arriver par là plus sûrement à la consécration de sa victoire et à l'établissement de son règne sur le peuple qu'il a pu abuser par ses tromperies.

Un bon catholique qui est disposé à s'en tenir aux termes précis soit du *Syllabus* de Pie IX, soit des Encycliques de Léon XIII sur la constitution chrétienne des états et sur le pouvoir civil, ne peut conserver le moindre doute au sujet de l'erreur dangereuse dont sont imbus les catholiques libéraux de toute nuance. Ce ne sont pas seulement les erreurs du libéralisme incrédule qui se trouvent condamnées dans le *Syllabus*, de la manière la plus explicite, mais aussi tout le système de conciliation avec ce qu'on nomme la civilisation moderne, qui constitue le libéralisme catholique et que Pie IX a déclaré souvent comme étant une erreur plus dangereuse que l'incrédulité ouverte, parce qu'elle peut exercer sur les meilleurs chrétiens une influence très funeste.

Depuis un siècle, en France, on doit le reconnaitre, les gouvernements qui se sont succédés, ont tous été plus ou moins dominés par l'esprit rationaliste moderne, ont tous, à des degrés divers, subi l'influence de la Révolution, même celui de la Restauration qu'on a crue faussement légitime et n'a été contre-révolutionnaire qu'en apparence et pour la forme. Les régimes les plus opposés quant à la forme politique, ont tous fait bon accueil aux catholiques libéraux qui se trouvaient dans les rangs du clergé.

Aussi dans les choix soumis à l'acceptation du pouvoir, les hommes de cette opinion ont toujours obtenu la préférence; tandis qu'on a eu soin d'écarter les hommes connus par leur opposition aux idées nouvelles, ou qui ne montraient pas assez de répulsion pour ce surnaturel nouveau qui choque tout particulièrement l'esprit moderne. A ceux que le pouvoir a choisis ou acceptés, on a toujours recommandé ou même imposé l'abstention complète sous le rapport politique, afin d'ôter de cette manière toute influence au clergé sur les populations.

Cette influence légitime, dont le clergé avait joui pendant des siècles, et qui en faisait le premier corps de l'état, dont il jouit encore dans les autres pays catholiques de l'Europe, qui n'ont pas subi le joug de la Révolution, on peut dire qu'il l'a perdue en France presque entièrement et que, dans les classes populaires, une nouvelle opinion s'est formée, qui tend à considérer le clergé comme tenu de se tenir à l'écart de tout ce qui regarde la politique, de tout ce qui ne se rapporte pas strictement à l'exercice de son ministère pastoral, de telle sorte que le prêtre se trouverait non légalement, mais d'après l'opinion commune, comme privé des droits qui appartiennent aujourd'hui à tous les citoyens sans exception. Ne voit-on pas même des chrétiens, entachés de rationalisme, qui sont arrivés à se persuader que le prêtre de Jésus-Christ ne doit exercer aucune action sociale, parce que cette action léserait les droits de ceux qui ne croient pas? On entend ainsi réserver la liberté de l'erreur, la liberté du mal, parce qu'on ne veut plus du règne de Jésus-Christ, et l'on ne voit pas qu'en France tous les liens sociaux tendent à se dissoudre, tout se désagrège, tout va mal, depuis que Jésus-Christ ne règne plus.

Depuis un certain nombre d'années, le pouvoir ayant passé aux mains des ennemis déclarés de l'Eglise catholique, des lois de persécution contre elle ont pu être votées, et d'autres préparées. Pour les catholiques, il s'agissait donc, avant tout, aux dernières élections générales, de faire nommer des hommes qui auraient accepté le mandat de repousser toutes les lois qui seraient contraires aux droits ainsi qu'aux intérêts religieux des catholiques, et de faire rapporter les lois injustes qui sont déjà en vigueur et que la conscience chrétienne réprouve. C'est pour cela que beaucoup de bons catholiques avaient cru alors qu'il fallait surtout s'appliquer à bien faire comprendre au peuple, c'est-à-dire à l'immense majorité de la nation, que les ennemis de la foi chrétienne cherchent à détruire la religion, qu'à cause de cela il devait se faire représenter par des hommes résolus à la défendre et à s'opposer au vote des lois d'oppression contre elle. Selon eux les élections devaient être faites surtout en vue de Dieu et pour Dieu, en mettant au premier rang les intérêts chrétiens et en leur subordonnant tous les autres, selon le précepte de l'Evangile qui nous dit : Cherchez d'abord le règne de Dieu et le reste vous sera donné par surcroit.

Mais ce programme, on le sait, a été repoussé partout et on a mis en avant ce qu'on nomme le programme des principes conservateurs, qui consiste à faire valoir en premier lieu ce qui se rapporte aux intérêts matériels du pays et ensuite à réclamer la liberté religieuse pour tous. On a cru obtenir, par un tel programme, non-seulement les voix des catholiques mais aussi celles des hommes qui tout en étant protestants, juifs, ou sans foi religieuse, tiennent au bon ordre dans l'Etat, pour la sécurité de leurs intérêts matériels.

On n'a donc présenté au choix du peuple aucun candidat se déclarant avant tout catholique. Tous se sont présentés comme Monarchistes, soit Orléanistes, soit Bonapartistes, et plus ou moins hostiles à la République. Aussi, ce qu'on devait prévoir est arrivé ; on a été battu, tandis qu'avec un programme catholique on aurait certainement pu vaincre, parce qu'on aurait eu pour soi le bon sens du peuple et surtout l'appui de Dieu.

Il y a un fait bien certain, dont l'évidence devrait frapper tous ceux qui sont observateurs ou dont l'esprit n'est pas aveuglé par des préventions, c'est que, s'il y a des partis politiques en France, tous les hommes de ces partis, pris en-

semble, ne forment dans la nation qu'une très faible mino-
rité, et que la masse du peuple, par suite des changements
de régime si multipliés depuis un siècle, est devenue comme
indifférente sous le rapport purement politique. Cette multi-
tude a le désir d'être bien gouvernée ; mais elle ignore quel
peut être pour elle le meilleur gouvernement ; elle s'attache
donc de préférence au pouvoir existant, craignant toujours
de nouveaux changements, qui amènent souvent des trou-
bles et ne servent qu'à l'accroissement des maux dont elle
souffre. Le peuple, voyant qu'on lui présentait des candidats
monarchiques, n'a rien compris à ce qu'il s'agissait de lui
faire comprendre ; il a cru qu'il avait affaire à des hommes
de parti, qui désiraient surtout un changement de régime
politique, changement dont il se soucie fort peu, sans être
pour cela plus attaché au régime actuel qu'à tout autre ; il
n'a donc vu là que des questions de personnes ou d'un inté-
rêt très secondaire pour lui et il a donné souvent son vote à
des partisans du régime actuel, qui étaient en réalité des
ennemis de la religion, mais qui se gardaient bien de l'avouer.
Le peuple a donc été trompé.

Les catholiques libéraux voyant leur échec aux dernières
élections générales, ont cru qu'il venait de ce que le peuple
français était devenu républicain et ne voulait plus de la
monarchie. Préoccupés avant tout des moyens de succès,
ils se sont imaginés que, pour réussir aux élections prochai-
nes et obtenir la confiance du peuple, ils devaient se dire
républicains. Ils ont même prétendu que les catholiques
devaient non-seulement accepter le régime actuel et le subir
par nécessité, comme c'est leur devoir, mais encore s'y rallier franchement et ouvertement, en changeant d'opinion, et
en regardant comme avantageux pour le pays, ce régime
qu'ils avaient auparavant jugé détestable. C'est ainsi qu'après
avoir fait antérieurement une sottise énorme, ils cherchent à
la réparer par une nouvelle sottise, plus grosse encore que la

première. Il est bien évident, en effet, qu'un tel changement d'opinion ne sera cru sincère par personne ; on n'y verra qu'une tactique nouvelle, que les ennemis de l'Eglise exploiteront, pour jeter le discrédit sur le clergé et sur les défenseurs de la religion ; ce qui pourra leur enlever bien des voix, sans leur en apporter aucune.

C'est en vain que Léon XIII, avec un admirable à-propos, a donné aux catholiques de France, dans son Encyclique, l'enseignement dont ils avaient besoin, en leur recommandant de ne pas chercher à renverser le gouvernement établi, et de ne pas se mettre en état de rébellion contre lui, parce que tout pouvoir vient de Dieu, et qu'un pouvoir existant de fait ne peut arriver à cette situation que par la permission ou la volonté de Dieu, lors même que son origine serait contraire au droit et que son établissement serait dû à la violence et à l'injustice. Dieu nous commande d'obéir aux lois d'un tel pouvoir, qui est établi, toutes les fois qu'elles ne sont pas contraires à la conscience chrétienne, parce que, dans ce cas, il faut toujours obéir à Dieu plutôt qu'aux hommes.

Mais, parce que l'Eglise mère de tous les peuples, ne leur impose comme obligatoire aucune forme particulière de gouvernement, et que le Vicaire de Jésus-Christ témoigne sa bienveillance à tous les régimes qui accordent à l'Eglise la liberté nécessaire pour qu'elle puisse remplir son ministère et exercer son action bienfaisante sur les peuples, plusieurs de ces libéraux en ont conclu que le Saint-Père ordonnait de se rallier à la république comme au gouvernement qu'on croit le meilleur pour le pays ; d'autres ont soutenu que dès lors que l'Eglise pouvait s'accommoder de toutes les formes politiques, le clergé d'un pays tel que la France ne devait se mêler en rien de la politique et se tenir en dehors de tous les partis, comme si le prêtre n'était plus ni citoyen ni patriote, et devenait comme un étranger dans son propre pays. On a vu une telle énormité soutenue par de hauts personnages. D'autres sont venus nous dire que maintenant l'alliance du trône et de l'autel n'est plus un dogme comme autrefois ; ce qui signifie sans doute, pour eux, que la république pourrait aussi faire alliance avec l'Eglise. Cela s'est vu sans doute ailleurs ; mais, en France, on ne voit pas la moindre apparence d'un tel évènement ; on voit plutôt l'apparence toute contraire. Peut-être a-t-on voulu dire que l'état n'a plus besoin de faire alliance avec l'Eglise ; ce qui serait une doctrine d'une orthodoxie fort douteuse. Il n'en résulte pas moins que l'on regarde l'alliance du trône et de l'autel comme finie, parce qu'on croit que la monarchie n'est plus possible en France, et que l'on incline vers l'opinion de ceux qui souhaitent pour la France, une république chrétienne, et ne désirent point la mort de la république actuelle, mais seulement sa conversion,

Ceux qui ont de tels désirs font bien voir clairement qu'ils ne croient pas à ces avis du Ciel, qui leur sont entièrement opposés.

Léon XIII prescrit aux catholiques de s'efforcer, par tous les moyens légitimes, de faire établir dans l'état des règlements et des lois qui soient favorables et non pas hostiles à l'Eglise. Mais, dans le régime actuel de la France, le souverain étant le peuple qui choisit ses mandataires pour le représenter et faire des lois, les lois seront nécessairement bonnes ou mauvaises, chrétiennes ou anti-chrétiennes, suivant les hommes que le peuple aura choisis pour le représenter.

On sait que ces mandataires du peuple ont tout pouvoir et peuvent changer les lois et la constitution, s'ils le jugent à propos ; on sait qu'une seule voix de majorité a fait établir la république actuelle. Il est donc évident qu'une autre majorité d'une voix peut défaire ce qui a été fait, si elle le croit opportun. Pour les catholiques qui veulent se conformer docilement aux enseignements de Léon XIII. il ne s'agit donc nullement, comme on le voit, de faire de la rébellion contre le régime existant. mais simplement d'éclairer le peuple. pour qu'il fasse à l'avenir de meilleurs choix que par le passé. Il est bien certain que jusqu'à présent on n'a pas pris les moyens convenables pour atteindre ce but. Si la Révolution a fini par arriver ou pouvoir. si elle règne en France, on le doit aux catholiques libéraux; l'histoire de notre époque le prouve. Si maintenant l'Eglise gémit sous l'oppression qu'on lui fait subir. l'obstacle à sa délivrance vient encore uniquement des catholiques libéraux. dont l'influence parait toujours dominer dans le clergé.

La situation du pays est grave. comme nous l'avons dit en commençant ; elle est menaçante. pleine d'anxiété ; mais le remède à cette situation est pour les catholiques, très simple, très facile, puisqu'il est mis à leur disposition et dépend de leur bonne volonté. Il s'agit en effet, pour eux, non plus de faire la sourde oreille aux avertissements du ciel, mais de les écouter sérieusement et de les suivre avec docilité, après avoir pris l'avis de celui qui est le père commun des fidèles et doit être leur guide. leur arbitre dans les cas difficiles, de Léon XIII, Vicaire de Jésus-Christ. Ce grand Pape étant devenu, sans que le public chrétien s'en doute. prisonnier de son entourage, se trouve présentement comme environné d'une bande terrible, qui le tient lié à certains égards comme un esclave, dans son palais. et qui obéit à un chef dont la perfidie et les méfaits ont été connus de Léon XIII, depuis sept ou huit mois seulement, par une Révélation du Ciel, qui remonte à plusieurs années et s'est trouvée confirmée à ses yeux par l'évidence de faits tout récents.

Après avoir été ainsi éclairé par un avertissement divin, Léon XIII a ordonné la diffusion dans la France et surtout dans tout le clergé français d'un écrit prophétique, qui concerne tout particulièrement la France, dont le titre est : *Une*

Voix du Ciel et dont l'auteur est un saint prophète, un apôtre du Seigneur, d'après Léon XIII, qui, peu de temps avant d'avoir donné cet ordre, a dit de lui, dans un entretien privé, qu'il était un élu de Dieu, un thaumaturge favorisé des dons surnaturels les plus extraordinaires, choisi pour remplir une grande mission et pour être la lumière du monde, ajoutant à cela que son nom était David Lazzaretti et qu'il était en relation avec lui.

Après avoir envoyé déjà deux fois ses ordres pour la diffusion gratuite et immédiate de l'écrit intitulé : *Une Voix du Ciel*, publié à Malte, en 1886, en avertissant que cette diffusion était une condition essentielle, *sine qua non*, pour qu'il puisse faire triompher l'innocence opprimée, et qu'il fallait d'abord que tout le clergé français, depuis l'évêque jusqu'au desservant des plus petites communes, ait pris connaissance de cette Révélation, Léon XIII a vu que ses ordres n'avaient pu être remplis ; il a chargé alors quelqu'un tout spécialement de les exécuter, en le prévenant qu'il devait se hâter de les remplir fidèlement et que c'était la volonté de Dieu. Les ordres du Saint-Père ont donc été exécutés pleinement. Mais, contrairement à son désir et à son attente, le clergé français, après avoir reçu cet écrit, s'est abstenu d'en parler, parce qu'il a été trompé par l'ennemi du Pape, qui a donné l'ordre à tous les évêques de garder le silence à ce sujet et surtout de cacher cet écrit aux fidèles, qui leur a fait croire en même temps que cet ordre venait de Léon XIII, dont il a usurpé le pouvoir et les fonctions, espérant parvenir, avec l'aide de ses complices, à cacher cet écrit qui vient révéler au monde étonné sa trahison infâme.

Satan, on peut le dire, est au cœur de la place. Au moyen de l'anti-pape qui est son digne représentant, il se fait obéir par tout le clergé. C'est bien là l'abomination de la désolation, ou tout au moins c'est le prélude de celle qui a été prédite, pour les derniers temps, dans la Sainte Écriture.

Le clergé n'ayant pas fait connaître les avertissements donnés par le Ciel, le peuple fidèle a dû les ignorer ou ne pas s'en mettre en peine, puisque ceux qui doivent être ses guides n'en faisaient aucun cas. A l'heure présente, on recommande au peuple chrétien l'action et la prière. Ces recommandations sont excellentes sans doute ; mais le Ciel nous prévient que l'action et la prière ne suffisent plus, qu'il faut y joindre la réparation et la pénitence, si l'on veut éviter les châtiments qui nous menacent et sont annoncés à bref délai. Cependant on ne prêche plus la pénitence au peuple, et dernièrement celle du Carême a même été supprimée totalement, dans divers diocèses, d'après des permissions venues de Rome et faussement attribuées au Saint-Père.

On presse encore les fidèles de se rendre aux lieux de pèlerinage où Notre-Seigneur et la Très Sainte Vierge ont apparu dans le passé. Mais, là où ils apparaissent maintenant, pour donner au monde les enseignements dont il a surtout besoin à l'heure actuelle, on détourne les fidèles de s'y rendre et l'on frappe même ces lieux d'interdit. On envoie les fidèles à Jérusalem, à Paray, à Lourdes, etc.; mais on leur défend de se rendre à Loigny. Cependant c'est là où Notre-Seigneur lui-même, Jésus-Hostie, apparaît, comme nous le dit *Une Voix du Ciel*, à une pauvre femme infirme, qui est son porte-voix, pour nous communiquer ses avertissements, nous faire connaître ses promesses, ainsi que ses menaces pour cette année même, qui ne finira pas sans d'affreux désastres, si l'on s'obstine à ne pas suivre, à ne pas même écouter ses enseignements et ses avis, si l'on continue à persécuter celle qui est l'instrument dont il lui a plu de se servir.

C'est Notre-Seigneur Jésus-Christ, notre Dieu, qui s'est fait homme et est venu dans la Judée, il y a dix-neuf siècles, pour instruire et sauver le monde, pour sauver tout particulièrement son peuple privilégié, le peuple juif, lequel l'a repoussé et fait périr, et a péri ensuite comme nation, en punition de son déicide; c'est le même Dieu qui vient à Loigny, pour sauver surtout la France. Elle est le peuple choisi de la loi nouvelle. Voudra-t-elle aussi périr, après avoir refusé comme les juifs, le salut qui lui est apporté ?

La Reine du Ciel, Marie Immaculée, qui est aussi la Reine de la France et notre Mère à nous tous, chrétiens, apparaît aussi à Loigny, non pas une fois ni quelquefois, mais très fréquemment, ayant fait de ce lieu comme sa résidence préférée, depuis déjà des années. Elle y prodigue à ses enfants dévoués, à ceux qui lui ont donné tout leur cœur, ses faveurs de mère; Elle leur donne des conseils, des avis, les comble de grâces sans nombre. Par elle on obtient des guérisons merveilleuses. Il y en a qui sont des miracles de premier ordre, tel que celui de la guérison de l'archevêque d'Antivari. Atteint depuis plusieurs mois d'une maladie très grave, il ne donnait plus aucun espoir de guérison et était comme arrivé aux portes de la mort. Il a été guéri, aussitôt qu'on lui eut envoyé de Loigny une image portant la signature miraculeuse de Marie, écrite et remise par la Vierge Immaculée Elle-même, qu'on avait humblement sollicitée pour obtenir sa guérison. Léon XIII a été renseigné complètement sur ce miracle par l'archevêque d'Antivari lui-même, ainsi que beaucoup d'autres évêques des contrées voisines, de l'Autriche surtout, qui ont pu être bien renseignés sur tous les faits de Loigny. Au nombre de quinze environ, ils ont adressé au Saint-Père leurs protestations relativement à la Cause de Loigny, qu'ils considèrent comme divine ; ils demandent au Saint-Père qu'il fasse réunir un concile pour régler cette affaire, suivant les règles prescrites par les canons, qui toutes ont été indignement violées. Le Saint-Père a promis le prochain règlement de cette affaire. Mais il n'est plus libre présentement. Comme il est dit dans *Une Voix du Ciel*, il lui est devenu humainement impossible d'être délivré et de voir briser ses liens, si

la France chrétienne ne fait rien de ce que le Ciel lui demande.

L'intervention divine est promise, si la France accepte le
remède que lui indique *Une Voix du Ciel*, et se rend enfin aux
invitations pressantes qui lui sont adressées, à Loigny, par
Notre-Seigneur et par sa Divine Mère. Il faut donc qu'on se
hâte de demander à Léon XIII et ses conseils et ses ordres ;
car Dieu le veut.

Quand la France chrétienne se montrera prête à obéir à
Dieu et à celui qui est son Représentant sur la terre, la délivrance sera prompte, soit pour le Saint-Père, soit pour la
France elle-même ; car notre Dieu infiniment bon, désire plus
pouvoir nous faire miséricorde que nous ne désirons nous-
mêmes d'être pardonnés. Mais il est nécessaire que l'obstacle
soit levé ; ce qui arrivera, si nous le voulons, Dieu ne pouvant
nous sauver sans nous.

Le Saint Prophète, David Lazzaretti, sera alors envoyé
pour nous apporter la délivrance et le salut. On saura qu'il
doit venir ; mais il ne paraîtra que lorsqu'il sera désiré,
demandé avec instance. Il faudra qu'une troupe fidèle aille
le chercher à la frontière de la France et de l'Italie, où il se
trouvera dans ce moment-là, comme il l'a annoncé lui-même,
il y a près de quinze années, avant de quitter la France pour
retourner en Italie, ayant prévenu qu'il pourrait être forcé de
disparaître et que, dans ce cas, sa mission serait retardée
de bien des années. Quand il reviendra, à l'heure marquée
dans les décrets divins, il ne sera reconnu que par une
seule personne, à qui il a laissé en partant un signe pour être
reconnu d'elle, et qui conduira la troupe lorsqu'elle ira le
chercher à la frontière. Car il ne sera reconnu d'abord ni par
ses parents, ni par ses amis, et ne se fera reconnaître d'eux
que quand il le voudra, ayant reçu un don miraculeux pour
cela.

Dieu ne veut pas nous sauver sans nous ; cela est absolument certain. Il faut donc faire ce que Dieu nous demande. Allons donc présentement à son Vicaire. C'est Léon XIII qui peut lever toute incertitude et indiquer ce qu'ils ont à faire, à ceux qui veulent rester ses enfants fidèles et soumis ou le devenir. C'est lui seul qui pourra régler l'affaire de Loigny selon la volonté de Dieu ; c'est lui qui devra nous signaler le grand Prophète, qui est chargé de faire les œuvres de Dieu et viendra seulement quand on ira le chercher. Il apparaitra ensuite accompagné du Prince que Dieu a choisi, a désigné pour régner sur la France et rétablir la monarchie chrétienne. Alors avec l'assistance divine, la France triomphera rapidement de tous ses ennemis soit extérieurs, soit intérieurs, qui seront vaincus ou bien exterminés avec tous les hommes pervers, tous les ennemis de Dieu; elle reprendra bientôt le rang qui lui appartient, le premier rang parmi les nations chrétiennes.

St-Malo, imp. Billois, rue de l'Orme